故宮御貓夜遊記 ⑧

獅子的帽子

常怡／著　　小天下 南畔文化／繪

中華教育

責任編輯：余雲嬌

裝幀設計：鄧佩儀

排版：鄧佩儀

印務：劉漢舉

故宮御貓夜遊記 ⑧

獅子的帽子

常怡 / 著　　小天下 南畔文化 / 繪

出版 | 中華教育

香港北角英皇道 499 號北角工業大廈 1 樓 B 室

電話：(852) 2137 2338　傳真：(852) 2713 8202

電子郵件：info@chunghwabook.com.hk

網址：http://www.chunghwabook.com.hk

發行 | 香港聯合書刊物流有限公司

香港新界荃灣德士古道 220-248 號 荃灣工業中心 16 樓

電話：（852）2150 2100　傳真：（852）2407 3062

電子郵件：info@suplogistics.com.hk

印刷 | 高科技印刷集團有限公司

香港葵涌和宜合道 109 號長榮工業大廈 6 樓

版次 | 2021 年 10 月第 1 版第 1 次印刷

©2021 中華教育

規格 | 16 開（185mm x 230mm）

ISBN | 978-988-8759-91-0

大家好！我是御貓胖桔子，故宮的主人。

我喜歡禮物，比如好吃的罐頭、舒適的貓窩、毛線球……直到有一天，我收到一頂奇怪的帽子，才知道，隨便收禮物是會惹麻煩的。

當我們故宮裏的貓還是幼貓的時候，一旦不聽話或者說謊，媽媽就會嚇我們說：「你要是不說實話，我就把你送到獬豸（⊕xiè zhì｜⊕蟹自）那裏去！」

獬豸，水牛一樣大的怪獸，渾身披着又濃又黑的毛，腦袋上長着一隻又長又尖的獨角。故宮的天一門前和很多宮殿的屋脊上都有他的塑像。他總是憤怒地瞪着眼睛，表情很兇。

傳說，只要把說謊或者貪婪的人送到獬豸面前，他就會用腦袋上的角把那個人頂倒在地，並吃掉他。

所以，每當媽媽嚇我說要把我送給獬豸時，我都會乖乖地說實話。光想想我就渾身發抖！故宮裏怎麼會有這麼可怕的怪獸？我把自己餵這麼胖，可不是準備送給怪獸吃的。

想是這樣想，但我長這麼大，還從沒看到誰被送到獬豸那裏去過。

到底有沒有貓見過真正的獬豸呢？我最近一直在想這個問題。

一個悶熱的夏天的夜晚，沒完沒了的蟬聲吵得我睡不着覺。於是，我走到了御花園的浮碧亭，這裏是故宮少數幾個有水池的地方。亭子下面那一小片池水，在夏天的晚上總能給人帶來些涼爽的感覺。

在我來之前，水邊已經趴了一隻貓。

我仔細一看，原來是鐘錶館的大黃。說起來，他也是隻橘色的貓，比我大一歲，故宮裏很多工作人員都會把我們兩個弄混。

哼！其實我們長得一點兒都不像。貓這麼高貴的動物，是不會隨便被造出來的。就算毛的顏色差不多，我們每隻貓還是有很大區別的。眼睛、鼻子，甚至腳趾都是不同的。

就拿我和大黃來說，我們兩個的眼睛完全不同，耳朵立起來的樣子差別就更大了。在貓族，絕不會有貓把我們弄混。但是，這麼明顯的差別，人類卻看不出來，真是笨啊！

「沒想到，你也睡不着覺呢！喵。」我主動和大黃打招呼。

「啊，是你呀。」大黃瞇着眼睛說。

我很不喜歡他這副高高在上的樣子。不過，話說回來，大黃在故宮動物中的確有些地位。不光是我們貓族，就連平時傲氣得不得了的狐狸們見到他都會客客氣氣的。到底是為甚麼，我也不太清楚。

月亮高高地掛在天空中，一絲風都沒有。

就這樣並排坐着，實在太無聊了。於是，我問：「大黃，你有沒有見過獬豸呀？」

聽到我的問題，大黃吃了一
驚：「你怎麼知道我見過獬豸？」
「你真的見過？」我驚訝得張大
了嘴巴。

「當然是真的。」大黃說，「故宮裏的貓，估計也只有我見過真正的怪獸獬豸了。」

「甚麼時候的事情呢？」我問。

「去年夏天，也是這麼悶熱的天氣……」

「那時候我還是一隻年輕、莽撞的貓。嘴巴饞，總是覺得吃不飽肚子。仗着自己個子大，也喜歡欺負人。」大黃用低沉的聲音說，「那天晚上，我偷吃了烏鴉藏在樹洞裏的肉，被烏鴉逮住。我原本以為只要死不承認，就不會有事。結果沒想到，居然被烏鴉們逼到了獅豸的面前……」

「原來是這樣……喵。」我聽得更認真了。

「是呀。一見到獬豸我就嚇傻了，那怪獸的樣子可真兇啊！」大黃接着說，「但是，那時候我膽子大。我想，如果獬豸沒有傳說中那麼厲害，說不定我能夠逃脫懲罰。所以……」

「喵喲，這可糟了。」我忍不住插嘴。

　　「是呀，我真是不知死活。」大黃搖了搖頭說，「獬豸聽了我的謊言，立刻大吼一聲，低下頭就朝我頂了過來。幸虧我跑得快，否則你現在就看不到我了……」

　　「後來呢？喵。」我緊張地問。

「後來我趕緊說了實話，並且向烏鴉道歉，答應把自己的貓糧和罐頭當作偷吃肉的賠償。獬豸看我認錯態度那麼好，就饒了我。」

「這麼簡單？」我有點兒不相信。

「不但這樣，獬豸還送給我一頂帽子作為我說實話的獎勵。」大黃得意地說。

「甚麼樣的帽子呢？喵。」我好奇地問。

「這真是頂了不起的帽子。」大黃忽然湊到我耳邊，壓低聲音說，「它叫作『獬豸冠』。戴上這頂帽子後，我一眼就能看出誰是說謊的人。」

「竟然有這樣的帽子？」我大吃一驚。

「是啊！你知道為甚麼我在故宮裏地位這麼高嗎？就是因為，動物們都知道我有獬豸冠。誰要是遇到甚麼爭鬥，都會來找我評理。」

「怪不得呢⋯⋯」我使勁地點頭，「真想看看神奇的獬豸冠呢。」

「可以呀！」沒想到，大黃痛快地答應了，「別說是看，送給你都可以！」

「這麼珍貴的帽子，怎能送給我呢？喵。」我吃了一驚。

「可以的，可以的。」大黃一口氣地說，「說實在的，天天幫別人解決紛爭，我也煩了。不如就把獬豸冠送給你吧！」

說着，他跳下石欄，從河邊的草叢裏叼出一頂方方正正的小帽子。

大黃把帽子戴到我頭上，說：「現在，獅豸冠就是你的了。不過，我要提醒你，這頂帽子一年內你不能送給別人。當然，也不能做壞事，甚麼偷吃東西呀，戲弄麻雀呀，都不能做了。一旦做了壞事，獅豸就會立刻出現在你面前……」

「等等……」我突然覺得自己好像落入了甚麼圈套。

「把獬豸冠送出去，我也能睡個好覺了！」大黃伸了個大大的懶腰，一蹦一跳地走了。

「等等！我能不能不要……喵。」
我開始後悔了。
「那可不行！」大黃頭也沒回地
說，不一會兒就消失在夜色中。

我歎了口氣，看來這一年，我只能做一隻甚麼壞事都不做的乖貓咪了。
我晃了晃腦袋，這帽子可真重，不愧是獬豸送的帽子。

最正直的神獸

 獬豸

我是太和殿上排行第八的脊獸。我全身長滿濃密的毛髮，頭上還有又長又尖的角。我擁有很高的智慧，不但聽得懂人話，還能明辨是非，區分正義與邪惡。因此，古人把我視作正義的化身，我頭上的角也被設計成「獬豸冠」，給負責司法工作的官員佩戴。

現在，你可以在故宮的御花園入口 ——天一門前找到我的塑像，雖然我身上的金漆已經脫落了不少，但依然十分威武。除此之外，部分法院門口也會放置我的塑像，時刻提醒人們正義和法律的重要性。

秦滅楚，以其冠賜近臣御史服之，即今
獬豸冠也。古有獬豸獸，觸不直者，故執憲
以其形用為冠，令觸人也。

——（漢）應劭《漢宮儀》

　　秦國消滅了楚國，用秦國的帽子賞賜給近臣和御史佩戴，這就是
現今所說的獬豸冠。古代有名叫「獬豸」的神獸，（會用自己頭上的角）
撞不正直的人，所以執法的人戴上仿照牠的形態製成的帽子，使審判
人時能大公無私。

銅 路 燈 為夜間行人照明

不少人誤以為銅路燈是後來在故宮增設的現代物品,事實上,這些路燈從明清時期起便存在。清朝末年已普遍使用玻璃,這些銅路燈四面的的銅質門壁也改成了玻璃,使防風和照明效果得以提升。每當夜幕降臨,銅路燈便會被點亮,為這座見證過數百年歷史的宮殿照明。

(見第 1 頁)

神 獸 裝 飾 屋脊上的別致風光

在故宮宮殿的屋脊上,我們經常見到一些走獸類的裝飾,它們的數量和排列次序十分講究,除了用來區分建築物的等級,也有裝飾的作用。宮殿上的神獸,在色彩和材質上須與宮殿的屋瓦保持一致。另外,最前方有一個「騎鳳仙人」,後面的走獸數量都是單數,按三、五、七、九排列。只有太和殿的屋脊上有十隻神獸,表示至高無上的地位。

(見第 7 頁)

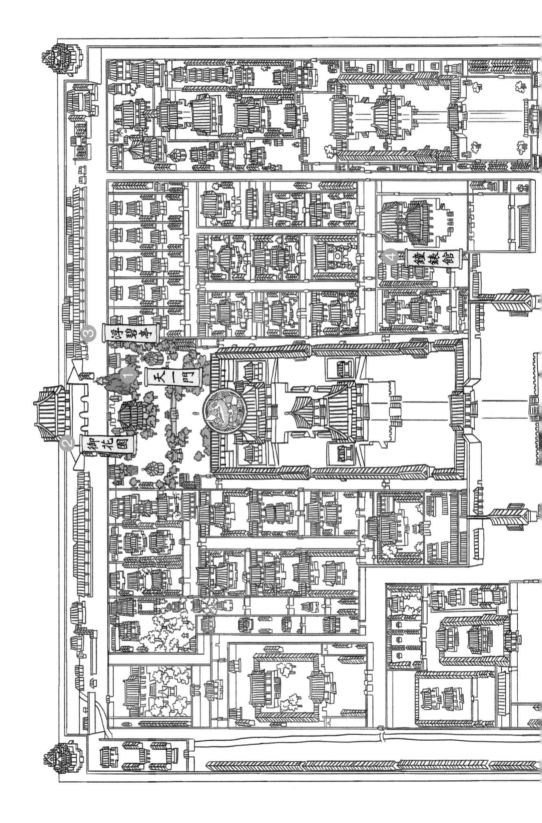

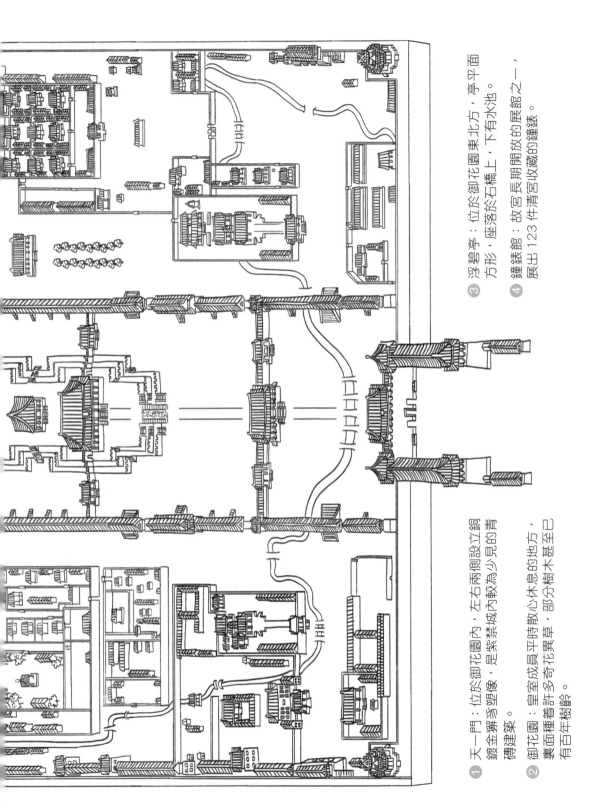

① 天一門：位於御花園內，左右兩側設立銅鍍金獬多塑像，是紫禁城內較為少見的青磚建築。

② 御花園：皇室成員平時散心休息的地方，裏面種著許多奇花異草，部分樹木甚至已有百年樹齡。

③ 浮碧亭：位於御花園東北方，亭平面方形，座落於石橋上，下有水池。

④ 鐘錶館：故宮長期開放的展覽館之一，展出 123 件清宮收藏的鐘錶。

常　怡

　　獬豸是典型的高智商怪獸，牠是中國的「獨角獸」。因為懂人言、知人性，獬豸一旦發現做壞事的人，就會用腦袋上的獨角把他撞倒，然後吃掉。所以獬豸在中國古代司法中是「公平正義」的化身。

　　相傳在春秋戰國時期，楚文王曾獲得一頭獬豸，就照着牠的樣子製作了頭冠戴在頭上。結果，國王一戴，獬豸冠一下子在楚國成為時尚。秦朝時，執法的御史也戴這種頭冠，漢朝繼承了秦朝的傳統，獬豸冠繼續流行。到了東漢時期，獬豸冠更被尊稱為「法冠」，所有執法的官員必須佩戴。這種習俗一直延續到清朝，御史和按察使[1]等監察司法官員一律要戴獬豸冠，穿上繡有「獬豸」圖案的朝服。

　　在《獬豸的帽子》裏，我沒有着重去講這隻著名的怪獸，而是把所有的故事都給了獬豸冠這頂帽子。在中國的司法歷史中，這頂帽子代表了人們對執法者堅定不移、威武不屈的期許。

1　按察使：中國古代的一個官名。主要任務是到各地巡察，考核官員的政績。

北京小天下時代文化有限責任公司

我們小時候，只要一調皮搗蛋，父母就會用「你再不乖，就讓警察叔叔把你帶走」這樣的話來嚇我們。胖桔子也不例外，每當不聽話時，媽媽就會提起獬豸。

根據古籍中的記載，獬豸渾身長着濃密的毛髮，腦袋上還頂着一隻角。你能看到，這本書中的獬豸，特地突出了這兩個特點。在故事裏，胖桔子並沒有見過真的獬豸，而是通過聽他媽媽的「恐嚇」和大黃的講述來想像。所以，我們將獬豸的形象畫得高大威猛、強壯有力，以表現他在胖桔子心中份量十足的地位。

在《獬豸的帽子》裏，出現了一隻外貌與胖桔子很像的貓——大黃。在繪畫的過程中，我們為兩隻貓設計了很多相似的地方，同時又加了一些小細節，讓小讀者一眼就能看出他們兩個的區別。在讀故事的時候你不妨仔細觀察一下，說說看，胖桔子和大黃到底有哪些地方長得不一樣？

還有一個小知識提醒你：古文字的「法」是「灋」，跟獬豸有着密切的聯繫。跟爸爸媽媽查一查資料，一起探尋這背後的祕密吧！